남은자의 노래 : 이사야 4행 시집

남은자의 노래 : 이사야 4행 시집

－심판과 구원의 변증법－

새미

목차

제1부 심판과 남은 자

제2부 하나님의 절대주권과 회복

제1부 심판과 남은 자

이사야 1 : 하나님은 오늘 슬프시다

하늘과 땅이여 귀 기울여 들어라
슬프다! 죄 지은 나라의 백성들아
악한 종자요 행위가 부패한 자식들이
나 여호와를 업신여겼도다

어찌 매를 더 맞으려고
너희가 거듭 죄를 짓느냐
모든 성읍이 원수에게 황폐되니
폭풍에 찢겨 숲이 만신창이구나

너희 소돔의 관원들아
여호와의 말씀에 순종하고
너희 고모라의 백성들아
하나님의 법에 귀 기울여라

나는 수송아지나 어린 양이나
숫염소의 피를 기뻐하지 않으니
헛된 제물을 더 가져오지 말라

가증한 분향을 견딜 수 없다

너희 월삭과 절기를 싫어하고
그 무거운 짐 지기에 피곤하며
너희 간구와 기도에 귀 아프니
너희 손에 피가 가득 하구나

너희가 스스로 깨끗이 하며
악행을 그치고 선행을 배워
공의로 학대 받는 자를 돕고
고아와 과부를 돌보아라

너희 죄가 주홍 같으나
눈 같이 희어질 것이요
진홍빛 죄, 양털같이 희리니
신실한 곳, 왜 창기가 되었나

슬프다 내가 장차 대적하여

내 원수에게 보복하리라
내 손으로 네 찌꺼기를 씻어내
네 더러움을 다 없애버리고

드디어 너는 의의 성읍되리니
신실한 고을이라 불리우고
시온은 정의로 구원을 얻어
돌아온 자들이 구속 받으리라

패역한 자와 죄인은 함께 망하고
여호와를 버린 자도 죽을 것이니
너희가 기뻐하던 상수리나무로
너희가 부끄러움을 당할 것이요

너희가 택한 동산으로 인해
너희가 수치를 당할 것이며
잎사귀 마른 상수리나무와
물 없는 동산 같이 되리라

강한 자는 삼오라기 같고
그의 행위가 불 티 같아서
함께 탈 것이나 그 불을
끌 사람이 없으리라

이사야 2 : 하나님의 강
―역병에 지친 이들을 위한 노래―

아버지의 거룩한 분노 앞에
밀려오는 이 재앙의 무더기
나는 오직 하나뿐인 아들이니
환난은 결코 내 운명 아니네

예수의 죽음과 부활 속에
내 믿음이 지치지 않으며
다시 어제로 돌아가려 함은
하나님의 길을 벗어나는 것

이 재난을 견디고 견뎌
귀빠진 세상의 모래성과
인과의 시간을 가로질러
아버지께 나아가야 하리

넘어진 갈대숲을 헤치고
홀로 흘러드는 아버지의 강
내일 그 바다에 이르면
푸른 하늘 더욱 깊으리니

이사야 3 : 그날에 시온이 황무하리라

그 날에 네가 의지하는 모든 것
모든 양식과 모든 물이 마르며
서로 학대하고 이웃을 잔해하여
아이가 노인에게 교만히 대하며

성읍이 멸망하고 네가 엎드러졌음은
네 언행이 아버지 영광을 흐렸음이라
드러난 죄와, 영혼에 미친 재앙이
소돔의 길을 모두 훼파하였으니

아버지는 악행하는 관리를 심판하시고
가난한 자의 얼굴에 맷돌질하는 너를
국문하시며 ‘시온의 교만한 딸들아
정을 통한 흐린 눈으로 쏘다니는구나‘

그러므로 네 정수리에 딱지를 얹히고
더러운 하체를 드러나게 하시며
몸에 걸친 모든 장식과 사슬을 없애고

썩은 냄새가 향을 대신하게 하시리라

굵은 베옷이 화려한 옷을 대신하고
얼룩진 흔적이 얼굴에 온통 퍼질 때
너희 장정과 용사는 전란에 쓰러져
성문이 슬퍼 곡하고 시온은 황무하리라

이사야 4 : 이사야, 하나님은 구원이시다

이사야, 하나님은 구원이시다
'귀 막고, 눈 감기고, 입을 막아라
그루터기만 남기고
모든 땅이 황폐해질 때까지.'

온 땅을 갈아엎을 때도
보지 못하고 듣지 못하는 어둠아
네 얼굴이 소멸하여
그날에 더러운 피가 씻기리라

가시관을 쓰고 채찍 맞으며
낭창한 몸에 씌운 십자가
고통 속에 신음하는 예수
심판을 기꺼이 받는 그리스도

어찌 남은 자들 청결치 않으리
예루살렘에 머물러 있는 자
예루살렘에 생존해 기록된 자
빛으로 덮어 모두 안식하리라

이사야 5 : 포도원의 배신과 심판

네 포도원은 기름진 산에 있어
가장 좋은 포도나무를 심고
좋은 포도 열리길 바랐는데
어찌 들포도가 맺혔는가

사랑하는 너희에게 이르노라
그 울타리를 걷고 담을 헐어
먹힘을 당하고 짓밟히게 하여
그 밭을 황무케 할 것이니

다시는 가지를 치지도 말고
북을 돋우지 못하게 하여
질려와 형극이 날 것이며
비도 내리지 못 하리라

가옥에 가옥을 더하고
전토에 전토를 더하여
이 땅에서 홀로 살려는 자

그들은 화를 입으리라

수많은 가옥이 황폐하리니
그곳에 살 자가 없고
목축일 포도주 한줌 없는데
밤 깊도록 독주에 취해

주님의 처벌 깨닫지 못하고
무지함에 사로잡힐 것이요
귀한 자는 주릴 것이요
무리는 목마를 것이며

음녀가 입을 크게 벌려
떠들고 연락하는 자들이
거기에 질탕 빠져들어
오만한 눈빛이 흐려지리라

이사야 6 : 거룩한 씨가 이 땅의 그루터기다

주의 옷자락이 성전에 가득하고
스랍들이 주를 여섯 날개로 감싸며
거룩하다 거룩하다 거룩하다
그 영광이 충만함을 찬송하도다

입술이 부정한 내가 떨고 있을 때
스랍 하나가 화저로 단에서 취한
핀 숯을 갖고 내게로 날아와서
그것을 내 입에 대며 말하기를

보라
이것이 네 입에 닿았으니
네 악이 제하여졌고
네 죄가 사하여졌느니라

이때에 주님이 또 말씀하시길
백성들이 듣고 보아도
아직 깨닫지 못하나니

백성들의 마음을 둔하게 하라

어느 때까지입니까
사람들이 여호와께로 멀리 옮겨져서
집에 사람이 없고 토지가 전폐되어
이 성읍이 모두 황폐할 때까지

마지막 남은 것도 삼켜질 것이나
밤나무, 상수리나무가 베어져도
그 그루터기는 남아 있는 것 같이
거룩한 씨가 이 땅의 그루터기니라

이사야 7 : 그날에는 주께 징조를 구하라

그 날에는 아하스 왕이여
우상을 폐하고 주께 순종하라
깊은 데서나 높은 데에서든지
여호와의 징조를 구하라

그 날에 주께서 친히 징조를 주시니
보라 처녀가 잉태하여
아들을 낳을 것이요
그의 이름은 임마누엘이라

아이가 자라서 악을 버리며
선을 택할 줄 아는 그날에
아람과 에브라임이 멸망하고
너희는 엉긴 젖과 꿀을 먹으리라

앗수르 왕이 쳐들어온 그 날에는
네 백성이 더 주의 집에 임하리니
애굽 하수의 파리와 앗수르 벌을

골짜기 바위 틈과 초장에 앉히고

주께서 먼 하수에서 빌어온
삭도인양, 앗수르 왕으로 하여금
네 백성의 머리털과 발 털을 밀고
수염도 깍아버리시리라

그 날에는 사람이 한 어린 암소와
두 양을 기르리니 엉긴 젖을 먹으며
황폐한 땅 가운데 남은 자들 모두
엉긴 젖과 꿀을 먹으리라

그 날에는
은 천 개의 포도원 자리에
포도나무 그루 대신 황토의
찔레와 가시가 날 것이고

온 땅에 찔레와 가시 때문에

화살과 활을 갖고 그리로 갈 것이요
보습 갈던 산에도 두려워 못 가게 되고
소와 양이 짓밟는 곳이 되리라

이사야 8 : 마헬살랄하스바스 : 급히 노략하다

마헬살랄하스바스
재물이 앗수르 왕 앞에 바쳐지리니
실로암의 천천히 흐르는 물이
큰 강이 되어 흘러넘치는구나

그 풍랑이 흘러 유다에 들어와서
가득하여 너희 목에까지 미치리니
함성을 지르고 허리를 매어도
너희는 끝내 패망하리라

너희 먼 나라 백성들아 들어라
주님이 우리와 함께 계심이니
임마누엘, 그가 펴는 날개가
네 땅에 가득하리라

함성을 지르고 허리를 띠고
막으려 해도 끝내 패망하리니
하나님이 우리와 함께 계심이라

주께서 강한 손으로 내게 알려

'이 백성의 길로 가지 말라'
내게 깨우쳐 이르시되
앗수르를 두려하지 말고 오직
여호와를 무서워할 자로 삼으라

그분이 거룩한 성소가 되실진대
이스라엘 두 집에는 걸림돌이 되고
그들이 걸려 넘어지는 바위가 되므로
예루살렘 주민의 함정과 올무 되시니

나는 이 증거를 잡아 율법을 싸매어
제자들 마음에 새겨 넣을 것이며
야곱의 집에 얼굴을 가리신 여호와여
나는 기다리며 오직 주를 바라보리라

너희는 어찌 미래를 주술사에게 묻고

산 자를 위해 죽은 자에게 구하느냐
율법과 증거의 말씀을 따르지 않으면
그들이 정녕 아침빛을 보지 못하리라

이사야 9 : 이방, 갈릴리의 빛

고통을 받은 자, 흑암이 없으리니
스불론과 납달리가 멸시 당했지만
한 아기를 우리에게 주시어
요단강 저편, 빛나는 이방의 갈릴리

그의 어깨에 정사를 메었으니
그 이름은 기묘자, 모사라
전능과 영존의 하나님 아버지,
평강의 왕이시니

만군 여호와의 성심으로
정사와 평강이 무궁하고
지금부터 영원히 정의와 공의로
다윗과 그 나라를 보존하리라

교만한 자 심판 받으리니
무너진 벽돌을 다시 쌓고
백향목 궁전을 다시 지어도

아람 뒤에 불레셋으로 치시며

주께 돌아와 구하지 않는
이스라엘의 늙은 장로와
거짓말하는 선지자 모두
종려나무와 갈대처럼 끊어지리라

악행이 불 타 찔레와 가시를 삼키니
빽빽한 수풀 불살라 연기 오르는데
백성은 불타는 섶, 형제를 모르고
제 팔의 고기까지 먹으려하네

므낫세와 에브라임이 서로 잡아먹고
또 그들이 합하여 유다를 칠 때,
여호와의 진노가 멈추지 않으며
그의 손이 여전히 펴져 있도다

이사야 10 : 눈 높은 자의 멸망

징벌의 도구인 몽둥이가
스스로의 지혜와 힘에 취해
교만하게 주인을 내려보고
질병과 불의 화를 부르네

높은 눈은 멀리 보고 달려
발등상이 어두워지나니
지치지 않은 욕망의 광기
멈추어야 할 때를 모르는데

징벌은 백성을 위한 구원이니
쓸모없이 남은 나무 몇 그루
솎아낼 시간도 없이
더 큰 숲이 덮어버리고

종자로 남은 어린 나무 때문에
높은 나무를 잘라 버리시는
만군의 여호와 앞에
사라진 앗수르 왕국이여

이사야 11 : 구원이 네 운명이다

임마누엘
어제 망하고 오늘 흩어지는
세상의 어둠을 가로지른
사랑하는 하나뿐인 아들아

죽음은 결코 네 운명이 아니다
온 힘을 다 기울여 고난을 받고
죽음이 녹슨 유다의 철조망을
맨발로 넘은 예수 그리스도

나부끼는 시온성의 깃발
펄럭이는 다윗성의 깃발
요단강 저편 갈릴리에
울린 희디 흰 주의 음성

내 소망이 부끄럽지 않고
주님이 지키신 약속이
사망을 질그릇처럼 깨버려

생명을 막을 무생명이 없으며

심판과 구원은 나뉘지 않아
주님은 어린 아이가 손을
독사의 굴에 집어넣는
정의와 평화의 동산에 사시네

이사야 12 : 주의 이름을 높게 하라

그 날에
주의 진노가 내게 돌아선 날
나를 안위하신 주께 감사하네
주는 나의 구원이시라

내가 신뢰하고 두렵지 않은
주는 나의 힘, 나의 노래,
나의 구원, 그 우물들에서
기쁘게 물을 길으리라

그 날에
다시 주께 감사하며
그 이름을 세상에 선포하고
그 이름을 높게 하라

주의 아름다운 일을
소리 높여 찬송하여
온 땅이 알게 하라
거룩하심이 크심이라

이사야 13 : 거만한 바벨론을 없앨 것이다

만군의 주 여호와가 먼 나라
하늘 끝, 여러 군사를 모아
싸움을 위해 검열하시니
너희는 애곡할지어다

괴로움과 슬픔에 사로잡혀
해산이 임박한 여자처럼
고통스러운 얼굴이 불꽃같고
해와 별, 달빛이 뒤엎어지리니

악인의 죄를 벌하고
교만한 자의 오만을 끊으며
강포한 자의 거만을 낮추어
그들을 모두 없애버리리라

주가 노하시는 그날
바벨론이 제 땅에서 도망치나
만나는 자마다 창에 찔리고

잡히는 자마다 칼에 엎어지며

긍휼한 용서 없이
어린 아이들이 메어쳐지고
집들이 노략 당하고
그들의 아내가 욕을 당하리니

바벨론이 소돔과 고모라 같이
오직 들짐승들로 우글거리며
화려한 궁성에 들개가 울고
그의 날이 오래지 않으리라

이사야 14 : 이스라엘의 회복과 이방의 멸망

주께서 야곱을 긍휼히 여기셔
다시 이스라엘의 땅에 두시고
침략한 자들을 노예로 삼아
악인의 몽둥이를 꺾으셨네

이제 온 땅이 평온을 찾아
향나무와 레바논 백향목도
그들을 베어 버릴 자 없어
소리 높여 노래하네

이방의 영화가 구덩이에 떨어져
구더기 끓고 지렁이가 덮었으니
어찌 계명성이 하늘에서 떨어지며
열국 엎은 자들이 땅에 찍혔는가

너희는 땅을 진동시키며
열국과 성읍을 모두 파괴하고
사로잡힌 포로들까지

노예로 부리던 자들 아니더냐

모든 왕들이 제 집에 영면할 때
오직 너는 자기 무덤에서 내쫓겨
돌구덩이에 떨어진 주검들로
둘러싸여 밟힌 시체 되었도다

네가 네 나라를 망하게 하고
백성을 죽여 안장되지 못하며
폭력으로 악행한 자들의 후손은
영원히 이름 불리지 않으리니

바벨론을 쳐서, 후손을 끊고
그곳을 반드시 고슴도치의
굴혈과 물웅덩이로 만들어
멸망의 빗자루로 청소하리라

앗수르를 나의 땅에서 파하고

나의 산에서 짓밟으리니
그 멍에가 이스라엘에게서 떠나고
그 짐이 어깨에서 벗어질 것이라

블레셋 온 땅이여 너를 치던
막대기가 부러졌다고 기뻐하지 말라
뱀의 뿌리에서는 독사가 나겠고
그 열매는 날아다니는 불뱀이 되리니

가난한 자의 장자는 먹겠고
궁핍한 자는 평안히 누우려니와
네 뿌리를 기근으로 죽일 것이요
네게 남은 자는 살륙을 당하리라

성문과 성읍이 울부짖으며
너 블레셋은 다 소멸되리라
연기가 북방에서 다가오는데

그 대열에서 벗어난 자 없으리라

교만한 블레셋이 진멸할 때
여호와께서 시온을 세우셨으니
그의 백성의 곤고한 자들을
그 성 안에서 피난케 하리라

이사야 15 : 모압은 하룻밤에 망할 것이다

알과 기르, 모압의 성읍이
하룻밤에 황폐할 것이니
그들은 산당에 올라가 울며
성읍 곳곳에서 통곡하고

머리를 밀고 수염이 깎였으며
거리에 굵은 베로 몸을 동인 자들
지붕과 넓은 곳에서 부르짖으며
크게 울어 혼이 속에서 떠는데

시내를 건너는 피난민의
곡성이 모압 사방에 둘렸고
울부짖음이 브엘엘림에 미쳐
디몬 물에는 피가 가득하구나

디몬에 재앙을 더 내리리니
내게 돌아오기를 거부하고

모압에 도피한 자와, 그 땅에
남은 자들을 사자로 쫓으리라

이사야 16 : 흩어진 모압의 딸들

셀라까지 달아난 모압의 딸들은
나루에서 떠다니는 새 같고
보금자리에 흩어진 새끼 같으니
토색하고 압제한 자가 멸절하네

오직 다윗의 장막은 인자함으로
왕위가 굳게 설 것이요
충실히 판결해 정의를 구하며
공의를 신속히 행하리니

모압의 거만과 교만을 들었으나
그의 자랑이 모두 헛되도다
길하레셋 건포도 떡을 통곡하고
십마의 포도나무 말라 죽었구나

내 눈물로 너를 적시리니
네 농작물에 즐거운 노래 그쳤고
포도를 밟을 사람도 없으리니
내가 즐거운 소리를 그치게 했노라

이사야 17 : 다메섹과 이스라엘의 파멸

그 날에 다메섹이 폐허더미 되고
아로엘도 양우리 같이 버려지며
야곱의 살진 몸이 파리하리니
감람나무 끝에 올리브가 드물구나

그 날에 너, 지으신 주를 바라보리니
그의 눈이 이스라엘의 거룩하신 이를 뵙겠고
자기 손으로 만든 단과 우상을
더 이상 쳐다보지 아니하리라

그 날에 견고한 성읍들이 황폐하리니
네 구원의 하나님을 잊어버리며
네 능력의 반석을 믿지 않고
기꺼이 이방 나무를 이종했음이라

슬프다 열국이 쳐들어와 소동할 때
저녁의 큰 파도처럼 공포스러우나
주가 열국의 폭력을 꾸짖으시리니
동이 트기 전에 왕겨처럼 흩어지네

이사야 18 : 원군의 나팔소리

구스의 강 건너 편, 벌레들
날개 치는 소리 시끄러우나
산 위에 깃발이 세워지면
원군의 나팔소리 들으리니

이슬이 조용히 내려앉듯이
뙤약볕이 고요히 내리쬐듯이
꽃 지고 신포도 영글 때에
주님은 뻗은 가지들 찍어내

산 독수리들과
들짐승들로 하여금
배불리 먹도록 버려두니
그것으로 겨울을 나리라

앗수르 군대를 물리치려고
장대하고 건장한 구스인들이
만군의 주님께 예배드리며
시온 산으로 몰려오리라

이사야 19 : 애굽의 멸망

내가 애굽에 재앙을 내리리니
가족이 헐뜯고 이웃이 다투며
도시들과 나라가 갈려 싸우고
폭군의 포악한 지배를 받으리라

물이 말라 강바닥이 갈라지매
강가에 심은 곡식이 다 시들고
낚시꾼이 슬퍼하며
그물 치는 자들이 낙담하리라

모시를 생산하는 자들과
천을 짜는 자들이 상심하니
옷 짓는 자들이 울상을 짓고
품꾼은 모두 풀이 죽으리라

관리들이 매우 어리석어
너희는 더 이상 파라오에게
현명한 신하와 가신이 아니며

나라를 망친 주구가 될지니

주께서 그들 마음을 어지럽혀
모든 일을 망치게 하므로
종려 지도층과 갈대 서민층이 다
주정꾼처럼 토하고 비틀거리리라

그 날이 오면, 애굽 사람들이
주께서 휘두르시는 것을 보고
여인처럼 두려워 몸서리치며
유다 말만 들어도 두려워 떨리라

그 날에 애굽이 가나안 말을 하고
주께 충성을 맹세하는 성읍이
다섯 개나 생겨, 그 중 하나는
멸망의 성읍이라 불리우리라

그 날이 오면 모든 애굽 사람들이

여호와를 알고 희생제물과 예물을 드려
예배하며 여호와께 서약한 대로 바치리니
주께 돌아온 그들의 간구를 듣고 고쳐주시리라

그 날이 오면 앗수르와 애굽의 길이 열려
애굽 사람이 앗수르 사람과 함께 예배하고
그 날에 이스라엘은 애굽과 앗수르 다음의
셋째 번 나라가 되어 세상에서 복을 받으리라.

만군의 주께서 축복하시며 이르시되
"복을 받아라. 내 백성 애굽아,
내가 손수 만든 앗수르야
나의 기업 이스라엘이여"

 그 날이 오면, 애굽 땅 한복판에
여호와를 섬기는 제단이 서겠고
그 국경선 가까이에는 야호와의
주권을 표시하는 돌기둥이 서리라.

이것이 애굽 땅에서 만군의 야호와를
나타내는 표와 증거가 되리니,
그들이 박해를 받아 야호와께 부르짖으면
그가 구원자를 보내 건져주시리라.

이사야 20 : 이사야의 알몸과 맨발

블레셋 성읍 아스돗이 함락될 때
애굽과 구스의 포로들은
알몸과 맨발로 엉덩이까지 드러나
앗수르 왕에게 끌려갔으니

주께서 이사야에게 이르시길
"너는 어서 굵은 베 옷을 벗고
발에서 신을 벗어라"
이사야는 알몸과 맨발로 다녔네

애굽과 구스를 의지한 유다는
이같은 치욕을 모두 당할지니
그 날에 사람들이 외치리라
도움을 청한 나라가 어디 있는가

이사야 21 : 에돔과 아랍에 경고

바벨론 해변의 사막에
적병이 회오리처럼 몰려와
바벨론 신상들을
모조리 부수어 넘어뜨렸구나

혹독한 묵시가 내게 보였는데
속이고 약탈하는 자가 모여들어
엘람이 올라가고 메대가 에워싸
모든 탄식을 그치게 하였으며

임산한 여인의 고통이 임했으니
내 마음이 진동하며
두려움이 나를 놀라게 해
희망의 빛이 떨림으로 변했도다

그들이 식탁을 베풀고
파숫군을 세워 먹고 마시니
너희 방백들은 일어나

방패에 기름을 바를지어다

주 말씀대로 파수꾼을 세우니
마병대가 쌍쌍이 쳐들어와
바벨론을 함락시켜 그 신들을
조각한 형상이 다 부수어졌노라

두마에게 경고하나니
"파수꾼아 언제 밤이 새겠느냐?"
대답하길 "아침이 오면 무엇하랴!
밤이 또 오는데, 더 묻지 말라"

"드단 대상들아, 덤불 속에
몸을 숨기고 밤을 새우리니
데마 주민들아, 목말라 헤매는
자들에게 물을 갖다 주어라

머슴살이 기한이 차면

게달의 세력도 끝장나며
활 쏘는 장정이 남지 않으리라"
이스라엘의 하나님이 경고하노라

이사야 22 : 예루살렘의 심판

주께서 공포와 혼란을 주시리니
그 날에 예루살렘 골짜기에는
성벽이 무너져 내리고
사람들이 짓밟혀 울부짖으리라

엘람의 마병과 기르의 병기가
네 아름다운 골짜기에 가득차고
성문에는 기병들이 정열했는데
유다는 무방비로 놓였도다

뒤늦게 병기를 챙기고
무너진 성을 수리하며
물을 끌어 저수지를 만들면서
주께 도움을 청하지 않았노라

주께서 명령하시길
통곡하고 머리털을 뜯으며
굵은 베를 따라 하셨거늘

너희는 먹고 죽자 하는구나

주를 믿지 못한 죄는
죽을 때까지 용서받지 못하리니
셉나처럼 앗수르로 쫓겨나
무덤조차 없으리로다

그 날에 주께서 셉나 대신
엘리아김을 불러 옷을 입히고
띠를 띠워 힘을 맡기므로
그가 유다의 아버지가 될 것이며

다윗의 열쇠를 그의 어깨에 두어
단단히 박힌 못 같이 견고하리니
영광의 보좌가 될 것이요
그 후손에 영광이 걸릴 것이라

그러나 다시 주께서 이르시되

그 날에는 단단한 곳에 박혔던
못이 삭으리니, 못이 부러지므로
그 위에 걸린 물건이 부서지리라

이사야 23 : 두로의 멸망

나일강과 북쪽 구브로까지 다니던
다시스의 배들아
너희는 슬피 부르짖을지어다
부요하던 시돈 상인아 잠잠하라

산고를 겪지 못한 시홀의 양식이
더 이상 강을 건너지 못하리니
희락의 성 다시스와 두로는
애굽의 방패가 되지 못하리라

해변의 부요한 주민아
슬피 부르짖을지어다, 주께서
모든 누리던 영화를 욕되게 하시며
모든 교만하던 자 멸시 받게 하심이라

주께서 바다 위에 손을 펴 열방을 흔들어
가나안의 견고한 성들을 무너뜨리고
이르시되 너 학대 받은 처녀 딸 시돈아

네게 다시 희락과 평안이 없으리라

갈대아 백성이 모두 없어졌나니
앗수르가 궁전을 헐어 버렸고
다시스의 견고한 성과 두로가 파괴되어
이름 잊은 기생의 노래 같이 되리라

음녀여 수금을 들고 쏘다니며
노래를 불러 너를 기억하게 하라
칠십 년이 지난 후
주께서 두로를 찾아오시리니

두로는 다시 화대를 받고
열방과 음란을 행할 것이로되
그 화대는 쌓아두지 않고
주님 앞에 드리는 거룩한 돈이 되리라

이사야 24 : 하나님이 세상을 심판하실 때

주께서 땅을 공허하고 황폐케 하시며
지면을 뒤엎어 그 주민을 흩으시리니
땅과 세상이 슬퍼하고 생기가 없으며
높은 자리에 앉은 자들도 쇠잔하리라

그들이 율법을 거슬러 율례를 어기므로
땅이 사람으로 인해 더럽혀졌으며
영원한 언약을 깨뜨려 땅이 저주 받고
형벌로 불에 타 살아남은 자가 적으리라

새 포도즙이 마르고 포도나무가 시들어
마음이 즐겁던 자가 다 탄식하니
소고 치는 흥겨운 소리 끊어지고
수금 타는 기쁨이 그쳐버렸네

다시는 노래하며 포도주를 마시지 못하고
독주를 마시는 자마다 쓰게 될 것이라
약탈을 당한 성읍이 허물어지고

집집마다 닫혀서 들어가는 자가 없으니

모든 즐거움과 땅의 기쁨이 사라지고
성읍이 황무하고 성문이 파괴된
이 땅에서 감람나무나 흔들고
흙 묻은 포도 몇 알 주울 때가 오리라

살아남은 자 오직 소리 높여 외치리니
모든 섬이 주의 위엄과 영광을 크게 외치고
너희 모두 동과 서에서 여호와를 찬양하며
모든 나라에서 주의 이름이 영화로우리라

의로우신 이에게 영광을 돌리는 소리가
땅 끝에서 우리에게 들리지만 그 때
다만, 나는 쇠잔하고 쇠잔했으니
내게 화가 미치고 주님을 크게 배신하였노라

두려움과 함정과 올무가 네게 이르렀나니

두려워 도망하는 자는 함정에 빠지겠고
함정 속에서 올라오는 자는 올무에 걸리리니
위에 있는 문이 열리고 땅의 기초가 진동하리라

땅이 취한 자 같이 비틀 비틀거리며
원두막 같이 흔들리고
그 위의 죄악이 무겁고 무거우므로
떨어져서 다시는 일어나지 못하리라

그 날에 주께서 높은 군대와 왕들을 벌하시며
달이 수치를 당하고 해가 부끄러워하리니
주께서 시온 산과 예루살렘의 왕이 되시고
그 장로들 앞에서 영광을 나타내시리라

이사야 25 : 새 왕국의 도래와 찬미

주는 나의 하나님이시라
내가 주를 높이고 찬송하리니
포악자의 기세가 폭풍 같을 때
가난한 자의 요새이시도다

폭양을 구름으로 가림 같이
포악한 자의 노래를 낮추시고
이 산에서 잔치를 베푸심으로
죽음의 덮개를 벗겨버리시도다

모든 얼굴의 눈물을 씻기시며
자기 백성의 수치를 없애버리고
그날을 고대하던 우리들에게
드디어 구원의 기쁨을 주실 때

주의 손이 이 산에 나타나시며
모압이 시궁창 속에 짓밟히리니
스스로 헤엄쳐 벗어나지 못하고
그 교만한 성읍이 완전히 멸하리라

이사야 26 : 구원의 주를 찬미하라

하나님을 찾는 가난한 자여
의로운 성읍이 열려 있으니
그 성읍의 벽은 견고하여
영원히 주님의 평안을 누리네

높은 성에 살던 교만한 자들이여
억눌리고 가난한 자들에 짓밟혀
운명이 뒤바뀌고 길이 평탄케되니
주가 의로운 자를 이롭게 하도다

율법의 길을 거절한 자들이
심판을 받아 비참해지리니
주님이 의로운 땅에서
그들을 부끄럽게 하시고

믿음이 견고한 자들은
새 왕국에서 평화를 누리고
남은 자를 지배하려는

사악한 자들은 정녕 죽으리라

목마름과 두려움으로
주께 기도드리지 못한
견디기 힘든 시련의 시간은
출산의 고통처럼 어렵지만

그러나 고통은 헛된 일일 뿐
믿음 없이 지속된 고통은
구원에 이르지 못함으로
새 왕국에 들어가지 못하고

오직 하나님을 찾는 가난한 자
의로운 성읍에 들어가느니
그 성읍은 아름답게 빛나고
영원히 주님의 평안을 누리리라

이사야 27 : 포도원의 노래

그날에 아름다운 포도원을
다시 노래하리라
너희는 밤낮으로 물을 주신
포도원 지기를 기억하며

가난한 그루터기를 남겨
밭을 지키신 주께 감사하라
오, 찔레와 가시를 대적하며
들포도를 견디신 주님!

후일에 견고한 뿌리가 내려
새순이 돋아 꽃이 피고
포도알이 탐스럽게 맺혀
이 땅을 덮으리니

그 날에 온 땅에 넘치도록
열매를 추수하실 때, 멀리
흩어진 자들이 모두 돌아와
예루살렘에서 예배하리라

이사야 28 : 에브라임과 유다의 심판

에브라임아 네 아름답고
풍요로운 사마리아 골짜기에
술 취한 거짓 예언자와
면류관을 쓴 제사장아

추수가 끝나기도 전에
이방인 입에 달콤한 첫 열매를
빼앗길 술 취한 농부야
자주 귀가 닳도록 일렀지

면류관은 네 것이 아님은
오직 주 하나님만이
세상을 추수하시는 분이시며
취한 너는 믿음을 내버렸지

포로로 끌려가는 에브라임아
네 포도와 면류관 소식 들었느냐
사마리아의 아름다운 산지

모두 앗수르 손에 넘어갔다는데

남유다야 예루살렘 앞에
너 또한 화 있을진저
어찌 하나님 말씀을 비웃고
죽음과 맺은 언약을 자랑하는가

소회향과 대회향은
작대기와 막대기로 떨고
곡식은 굴리고 밟아도 부수지 않으니
여호와의 지혜는 기묘하고 광대하다

이사야 29 : 예루살렘의 심판과 구원

하나님의 사자 '아리엘'이
점령되어 제 절기를 잃고
싸움과 피 흘림으로 넘쳐
숯불의 제단으로 바뀌리니

예루살렘아, 목소리를 낮추라
티끌과 겨같이 무너진 앗수르
그러나 여호와는 네 무딘 눈을
감겨서 소경처럼 만들리라

너희는 아직 주 하나님을 모르고
사람의 법과 규칙을 따르니
그 지혜가 환난을 자초하며
토기장이와 진흙을 혼동하리라

미구에 마음이 아직 패역한 자
이집트로 발길을 서두르지만
정신을 가다듬은 자 돌아오리니
가난한 자가 갈멜산을 찾으리라

이사야 30 : 패역한 자식들의 화

앗수르를 막으려고
망해가는 이집트에 기대어
하나님께 돌아가지 않고
헛된 동맹을 맺는 유다야

하네스에 사신을 보내니
너희는 어찌 모르느냐
주님이 원하지 않는 계획은
모두 죄요, 실패함을

이사야의 예언을 기억하라
앗수르를 통해 북왕국을 없애고
남유다를 벌하리라 하신 말씀
제국의 도움은 더욱 창피하리니

비싼 재물을 나귀에 싣고
황량한 네게브를 지나더라도
이집트는 나일강의 하마처럼

악마같이 꿈적하지 않으리라

이스라엘의 거룩하신 자
하나님은 진리를 폐하지 않으시나
귀를 닫은 패역한 자들은, 훗날
두루마리에서나 증거를 찾으리라

거룩한 말씀을 거부하고
사기꾼과 역모하여 힘을 부려
거짓 속임수를 쓰려는 자들아
너희는 반드시 심판을 거치리라

믿음 없이 이방에 기댄 자들은
적에게 쉽게 놀라 도망쳐서
산꼭대기의 깃대처럼
홀로 서 있게 될 것이라

백성들이 거듭 돌아섰어도

구원을 약속하신 하나님은
은혜와 긍휼로 응답하시니
기꺼이 축복을 받아라

그 날에 시온에 비를 주시어
너희 땅에 소산이 풍성할 것이며
햇빛이 일곱 배 빛을 뿌리고
백성이 맞은 상처가 아물 때

적들은 맹렬한 화염에 휩싸여
힌놈 골짜기의 도벳 제물처럼
유황같이 타오르는, 앗수르여
불의 호수에서 고통 받으리라

이사야 31 : 재앙과 하나님의 보호

화 있을진저
이집트의 말과 병거에 기대어
하나님과 약속을 깬 유다여
너희 불순종이 심판 받으리라

악인은 결코 유다를 돕지 못하느니
하나님만이 궁극적으로 보호할진대
적들과 연맹하는 어리석음으로
두 나라 모두 재앙을 맞으리라

오직 주님의 위대하심으로
앗수르의 위협을 막으시리니
사자가 양치기 몇을 두려워하랴
그 말씀을 믿고 순종하리니

하나님은 머리 위를 나는 새같이
시온산 위에서 전투를 하시고
예루살렘을 보호하시므로

적에게 떨어지지 않게 하시니라

돌아오라 너희는 반드시
하나님에 의해 구원될 것이니
우상을 던져버리고 돌아와
새 하늘 새 땅의 소망을 세우라

앗수르가 전쟁의 기에 눌리고
천사가 유다를 보호하심으로
번제 제단의 불이 끊임없이
계속 타오름을 주님이 보시리라

이사야 32 : 정의와 공의의 도래

하나님께서 예루살렘을 사랑하사
정의의 시대가 반드시 오며
메시아가 공의로 다스리는 나라
모든 믿는 사람이 들어가느니

그날에 사람들은 무딘
영이 깨어 하나님을 이해하고
진리를 명확히 말할진대
악인과 달리 존귀하게 살리라

그러나 앗수르와 바벨론에 의한
어둠의 시간은 정할 수 없으니
황폐한 예루살렘 성읍에서
부녀자의 애통이 그치지 않고

그 날, 하나님이 위에서부터
이스라엘에 성신을 부어주신 후
마침내 파괴의 시대가 끝나고

온 나라가 회복될 것이니

믿음으로 하나님께 소망을 갖고
하나님의 뜻을 실천하는 자들의
정의가 바다처럼 밀려오면
온 땅이 풍요롭고 안전하리라

이사야 33 : 의인의 구원과 평화

파괴한 자는 학대 받고
속이는 자는 속을 것이며,
하나님께 대적한 자들은
모두 메뚜기처럼 흩어지리라

남은 자들에게
높임을 받으신 여호와께서
정의와 공의로 시온을 세우시니
주 여호와를 경외하라

앗수르와 동맹을 통해
평화를 얻으려는 유다여
너희는 황폐한 땅에서
슬피 울게 될 것이라

풍요로운 땅은
스스로 구할 수 없고
여호와의 평화를 위한

계획은 오직 주의 뜻이라

레바논의 백향목이 시들고
샤론은 건조한 사막이 되며
바산이 갈릴리 바다 되리니
갈멜도 겨와 짚의 어머니 되리라

학대하는 자와 속이는 자와 달리
의인은 구원을 받아 살리라
주께서 모든 곳에서 그를 불러
하나님과 함께 거하리라

남은 자는 기준이 있느니
의롭게 행하고, 정직히 말하며
협박하거나 뇌물 받지 않는 자,
살인과 죄를 계획하지 않는 자

이들이 살게 될 풍요로운 땅에서

공의와 평화가 꽃 피는 왕국은
왕과 같이 거할 때, 더 이상
전쟁이 없고 안전하게 살리라

앗수르의 패망은 폐선 같으니
남은 약탈물은 나누어 갖고
질병이 사라지며, 구원 받은
남은 자들은 용서 받을 것이라

이사야 34 : 에돔의 심판

심판의 날, 하나님의 진노가
전 세계에 임하리니
이스라엘을 적대하는
에돔이 심판 받으리라

심판의 날 열국의 군대가
땅에서 시체들로 썩고
모든 별이 사라지며
만물이 쇠잔하리라

하나님께서 그 칼로
에돔을 살륙하시는
보스라의 큰 희생제는
시온의 신원을 위함이니

에돔은 유황과 역청으로
불타올라 황폐될 것이며
야생동물이 대대로 살고
땅은 가시나무로 덮이리라

이사야 35 : 축복의 날

그 날에 땅과 백성이 변하리니
메마른 땅이 풍요로워지고
꽃이 피고 더 많은 비가 내려
하나님의 영광을 볼 것이라

그곳의 사람들은
정의로 인해 초래된 결실을 보며
그들 가운데 왕으로 거하실
하나님을 볼 것이라

믿는 사람들아
하나님의 계약대로 살아라
상심하고, 두려워하고, 겁내는 자를
주께서 고치시고 모두 구원하리라

주의 고치심으로
소경이 보고, 귀머거리리가 듣고
저는 자는 뛰며, 벙어리가 노래하며

모두 치유되어 변하리라

땅은 메마른 데서 물이 솟아나
풀과 갈대와 부들이 자라나니
하나님께서 그들 가운데 계심으로
몸이 고쳐지고 땅의 풍요를 주시리라

그 날에 의로운 순례자가 다시
예루살렘에 여행할 것이며
거룩한 성읍의 길이 열리고
영영한 희락과 기쁨을 얻으리라

이사야 36 : 포로가 될 유다

이사야의 예언처럼
포로가 될 유다는
죄에 대한 벌이요
회개토록 하기 위함이니

주님이 흩어놓으신 앗수르가
유다를 여러 번 침공하나
예루살렘은 몰락하지 않고
교만한 군대는 패배하리니

산헤립이 많은 유다 성읍을
빼앗고 수없이 공격했으나
히스기야는 하나님 사람에게서
구원의 메시지를 들었는데

앗수르의 야전 사령관
랍사게가 유다를 조롱하면서
상한 갈대를 지팡이로 삼느냐

네 하나님을 어찌 믿느냐

심지어 네 하나님이 우리에게
유다를 치라고 하셨으니
너희는 앗수르 군사의 배설물을
먹고 마시게 되리라 뇌까리며

오직 여호와를 의지하라는
왕의 허언을 믿지도 말라고
앗수르가 백성들을 희롱할 때,
왕은 대꾸하지 말라 당부하며

스스로 옷을 찢어 회개하고,
베옷을 갈아입고 기도하며
여호와 이름이 더럽혀졌음을
히스기야는 통곡하였더라

이사야 37 : 히스기야의 믿음

이사야도 옷을 찢고
베옷을 입고 슬퍼하니
하나님 이름이 더럽혀짐과
오직 하나님께 달린 운명을

이사야와 히스기야 왕이
견고하게 믿었음이라
적의 견책 기도를 청하고
하나님 앞에 무릎 꿇으니

하나님께서 산헤립을 치기 위해
구스왕 디르하가를 부르시자
히스기아는 성전에서 기도하며
그룹 사이 계신 주님을 찬미하고

하나님은 이사야를 통해
앗수르의 패망을 응답하시니
처녀의 딸 예루살렘이

교만한 자들을 능욕하리라

앗수르가 정복한 나라들은
지붕의 풀같이 시들어버리고
코 꿰인 산헤립은 분노하며
그의 땅에 짐승처럼 끌려갔으며

주님께서 히스기야에게 다짐하시길
남은 자들이 남아 회복하리니
세 번째 해에는 수확이 풍부하고
다윗 성읍이 더욱 견고하리라

유다는 기억하라
앗수르 군사는 적군이 아니라
여호와의 천사가 치셨으니
산헤립은 아들에게 암살되었더라

이사야 38 : 믿음의 응답과 심판

왕의 믿음과 교만이 교차되어
하나님의 은혜와 심판이
유다에 번갈아 내리나니
남은 자는 주 앞에 정직하라

병 고침을 받고도 교만하여
나라를 위기에 빠트리고
므로닥발라단에게 속아
보물을 보여준 우둔함이여

산헤립이 시온을 포위했을 때
종기가 이미 발병했으므로
이사야가 예언하기를
왕은 그 종기로 끝내 죽으리라

긍휼하신 주께서 해시계를 돌려
애통하는 왕의 기도에 응답하사
십 오년을 더 연명한 히스기야가
성전에서 주를 찬미하였도다

이사야 39 : 이사야의 예언

바벨론 왕 므로닥발다딘이
히스기야에게 편지와 예물을 보낸 것은
하나님께서 히스기야의
교만한 마음을 시험하신 것

하나님의 보물을 지키지 못하고
왕궁의 소중한 재물을 보여준
경솔한 히스기야 왕의 우둔함은
제국의 싸움만 겨냥한 처신이니

하나님을 배신한 심판의 벌로
모든 재산을 적에게 내어주고
모든 백성이 포로로 잡혀가며
그 자손은 환관으로 끌려 갔더라

제2부 하나님의 절대주권과 회복

이사야 40 : 하나님의 위엄과 언약

내 백성을 위로하라
예루살렘에 외쳐 전하되
죄 사함의 벌을 족히 받았으니
이제 새 길을 평탄케 하라

골짜기 마다 돋우어지며
산마다 낮아져 고루어지면
하나님의 영광이 나타나
모든 사람이 함께 보리라

모든 육체는 풀과 같으니
풀은 마르고 꽃은 시들며
여호와의 기운이 그 위에 부니
백성은 실로 풀이로되

하나님의 영원하심을 보리라
장차 강한 자로 오셔서
친히 그 팔로 다스리실 것이며

너희를 안아서 지켜주시리라

누가 손바닥으로 바다 물을 가르고
뼘으로 하늘을 잴 수 있으며
땅의 티끌을 되에 담고
산들을 이름 지을 수 있으랴

금은을 두드리는 장인이나
죽은 나무를 다루는 목수와
하나님을 비교하지 못할진대
만물을 지으신 유일한 주시라

땅 위의 메뚜기 같은 거민아
하나님은 하늘에 차일을 피고
이 세상과 흑암을 만드셨으며
새 하늘과 새 땅을 창조하시리라

하나님은 피곤치 않으시므로

항상 그 백성 곁을 지키시며
여호와를 앙망하는 자
독수리같이 날개쳐 올라가리라

이사야 41 : 역사를 주관하시는 하나님

섬들아 내 앞에 잠잠하라
민족들아 힘을 새롭게 하라
하나님의 말씀과 진리 앞에
가까이 나아오라

동방에서 사람을 일으켜
왕으로 치리케 하리니
모든 나라가 그의 칼과
활에 굴복하리라

우상을 섬긴 섬들이
땅 끝까지 두려워 떨 때
이스라엘아 너는 각기
이웃을 도우며 담대하라

내가 땅 끝에서 너를 붙들며
땅 모퉁이에서부터 너를 부르고
너는 나의 종이라 일렀으며

너를 택하고 버리지 않았으니

두려워 말라
내가 너와 함께 함이니라
놀라지 말라
나는 네 하나님이 됨이니라

내가 너를 굳세게 하리니
참으로 너를 도와 주리라
참으로 나의 의로운
오른손으로 너를 붙들리라

보라 네게 노하던 자들이
수치와 욕을 당할 것이요
너와 다투는 자들이 쓰러지고
허무하게 멸망하리니

지렁이 같은 너 야곱아

두려워 말라 내가 널 도우리라
나는 네 구속자요
이스라엘의 거룩한 자이니라

보라 내가 너를 이 날카로운
새 타작 기계로 삼으리니
산들을 쳐서 부스러기를 만들며
작은 산들을 겨 같이 할 것이라

그들을 까부른 회오리 바람이
그것을 날려 흩어버릴 때
너는 나와 즐거워하고
거룩한 나를 자랑하리라

가난한 자들의 혀가 마를 때에
내가 그들을 버리지 않고
골짜기와 사막에 샘이 나며
광야에 온갖 나무를 두리니

백성들이 그것을 보고
나 여호와의 지은 바
이스라엘의 거룩한 자가
창조한 것을 깨달으리라

우상에 사로잡힌 자들아
장차 당할 일을 말하라
너희 일이 허망하며
너희 택한 자가 가증하니

내가 일으킨 자가
동방에서 이르러
방백들을 석회반죽과
진흙같이 밟으리라

내가 기쁜 소식 전할 자를
예루살렘에 주리니 깨달아라
그들이 부어 만든 우상은
바람이요 허탄한 것뿐이라

이사야 42 : 메시야의 소명

내가 택한 사람을 보라
내 영을 그에게 주었으며
그가 이방에 공의를 펴고
이방에 정의를 베풀리니

다정하고 친절한 목소리는
상한 갈대를 꺾지 않고
섬들이 낙담하지 않으면서
거룩한 교훈을 세우리라

내가 의로 너를 불렀으며
네 손을 잡아 보호하며
너를 세워 백성의 언약과
이방의 빛이 되게 하리니

눈먼 자들의 눈을 밝히며
흑암에 앉은 자를 이끌어 내어
오직 여호와 내 이름과

내 영광을 노래하리라

예언이 이미 이루어졌으며
이제 내가 새 일을 알리노라
새 일 시작 전에 이르노니
땅 끝까지 새 노래로 찬송하라

광야와 거기에 있는 성읍들과
게달의 마을들은 소리를 높이라
셀라의 주민들은 노래하며
산꼭대기에서 즐거이 부르라

새 노래로 소리 높여
여호와께 영광을 돌리며
이방의 섬들과 세상 가운데
그의 찬송을 전할지어다

우상을 만들어 횡포하는 자들아

여호와께서 용사 같이 나가시며
전사 같이 분발하여 외치시고
그 대적을 크게 치시리로다

오랫동안 조용하시며
잠잠하고 참으셨던 하나님께서
해산하는 여인 같이 부르짖어
숨이 찰 만큼 헐떡이리니

산들과 언덕들을 황폐하게 하며
그 모든 초목들을 마르게 하며
강들이 섬이 되게 하며
못들을 마르게 할 것이라

네가 이 많은 것을 보고도
마음에 새겨 두지 않으며
귀가 열려 있어도
듣지 아니하는구나

암흑을 광명 되게 하며
굽은 길을 곧게 할 때
제대로 듣고 밝히 보라
네가 크게 수치를 당하리라

이사야 43 : 이스라엘의 재집합

너는 두려워하지 말라
내가 너를 구속하였고
내가 너를 지명하여 불렀나니
너는 내 것이라

강을 건널 때에
물이 너를 침몰하지 못할 것이며
네가 불 가운데로 지날 때
불꽃이 너를 사르지도 못하리니

나는 여호와 네 하나님이요
이스라엘의 거룩한 구원자요
내가 애굽, 구스, 스바를
네 속량물로 너 대신 주었노라

내가 너를 사랑하니
너는 내 보배요 존귀하니
두려워하지 말라

너를 세상에서 다시 모으리니

눈이 있어도 보지 못하고
귀가 있어도 듣지 못하는
백성들을 이끌어 내어라
너희는 내 증인이 되리라

나의 종으로 택함을 입었나니
너희가 나를 알고 믿으며
내가 그임을 깨닫게 하려 함이라
참 하나님은 오직 나뿐이니라

너희 구속자 거룩한 여호와가 말하노라
너희를 위하여 내가 바벨론에
사람을 보내어 모든 갈대아 사람을
배를 타고 도망하여 내려가게 하리라

내가 광야에 물을,

사막에 강들을 내어
내 백성, 내가 택한 자에게
마시게 할 것임이라

이 백성은 나를 위하여 지었나니
나를 찬송하게 하려 함인데
야곱아 너는 나를 부르지 아니하였고
이스라엘아 너는 나를 괴롭게 여겼으며

번제의 양을 가져오지 않았고
네 제물로 나를 공경하지 않았으며
네 죄짐으로 나를 수고롭게 하며
네 죄악으로 나를 괴롭게 했느니라

나는 나를 위하여
네 허물을 도말하는 자니
네 죄를 기억하지 않으리라
너는 내게 기억나게 하라

우리가 함께 변론하자
네가 의로움을 나타내어라
네 시조가 범죄하였고
네 교사들이 배반했나니

그러므로
내가 성소의 어른들을 욕되게 하며
야곱이 진멸 당하도록 내어 주며
이스라엘이 비방 거리가 되게 하리라

이사야 44 : 너는 내 것이라

내가 택한 여수룬아 두려워 말라
나의 복을 네 후손에게 내리리니
그들이 풀 가운데서 솟아나기를
시냇가의 버들같이 할 것이라

내게 속하였음을 손으로 기록하고
이스라엘의 이름으로 칭호하리라
이스라엘의 왕, 만군의 여호와니
나는 처음이요 나는 마지막이라

나 외에 다른 신이 없느니라
너희는 두려워 말며 겁내지 말라
너희는 나의 증인이라
다른 신이 있음을 알지 못하노라

우상을 만드는 자는 다 허망하도다
우상은 무익한 것이거늘
그것의 증인들은 볼 수도 없고

알지도 못해 수치를 당하리라

우상을 만드는 자 그 누구뇨
철공은 철을 숯불에 불리어 곤비하고
목공은 나무를 베어 만들어 미혹하고
마음이 미혹해 영혼을 구하지 못하니

야곱아 이스라엘아 내가 너를 지었고
너는 내 종임을 기억하라
네 죄를 안개같이 도말하였으니
돌아오라 내가 너를 구속했음이라

거룩한 여호와께서 속량하셨으니
하늘과 땅들아 노래할지어다
모든 나무들아 노래할지어다
이스라엘로 주를 영화롭게 하심이로다

네 구속자요 모태에서 너를 조성한

나 여호와가 선포하노라
나는 만물을 지은 여호와라
나 홀로 하늘과 땅을 만들었도다

거짓말 하는 자의 징조를 폐하며
점치는 자를 미치게 하며
지혜로운 자들을 물리쳐
그 지식을 어리석게 하리라

내 종의 말을 응하게 하며
내 사자의 모략을 성취케 하며
예루살렘을 중건하여
그 황폐한 곳들을 복구시키리라

고레스는 나의 목자라
나의 모든 기쁨을 성취하리니
예루살렘 성전을 세우는 자로
주 안에서 의롭고 기뻐하리라

이사야 45 : 하나님의 절대 주권

고레스여 네가 나를 몰라도
내가 너를 기름 붓고 부르니
내 백성을 자유롭게 하며
열국들을 항복하게 하라

나는 빛과 어둠을 짓고
평안과 환난을 창조하느니
나 여호와는
이 모든 일을 행하는 자니라

하늘 위에서부터 의를 붓고
땅을 열어 구원을 내며
의를 함께 움돋게 할지니
내가 이 일을 창조했느니라

질그릇 조각이 토기장이에게
솜씨가 없다 말하지 못하고
아이가 부모에게 묻기를

무엇을 낳느냐 말 못하니라

그날에는 이방인들조차
여호와께서 유일하심을 알리니
우상을 믿는 자 수치를 당하고
믿음의 자손은 축복받으리라

애굽의 수고한 것과
구스의 무역한 것과
스바의 장대한 족속들이
다 돌아와 네게 속하리라

땅 끝의 모든 백성들아
나 여호와를 앙망하라
그리하면 구원을 얻으리니
나 외에 다른 이가 없도다

내 맹세는 의로운 말이니
내게 모든 무릎이 꿇겠고
나를 노하는 자 수치를 당하나
믿는 자는 의를 얻고 자랑하리라

이사야 46 : 하나님은 바벨론보다 높으시다

바벨론의 벨이 엎드러졌고
느보는 구부러졌으며,
떠메던 우상들은 짐이 되고
섬기던 자 모두 잡혀 갔느니

야곱 집에 남은 자는 들어라
네가 태어나 백발이 되기까지
나 여호와는 너를 품어 안아
지키고, 구속하고, 구해 내리니

너희가 나를 누구에 비기며
누구와 짝하며 누구와 비교하랴
우상을 섬겨 패역한 자를 기억하라
물질은 응답이 없고 구원할 수 없도다

바벨론의 종말을 처음부터 예언하고
내가 동방에서 독수리를 부르며
내 모략을 이룰 자를 부르니
이를 행할 자, 나 여호와뿐이라

이사야 47 : 바벨론의 멸망

바벨론은 정복되어
티끌 위에 앉아 있는
천한 종이 되리니
살이 드러나 부끄럽고

하나님이 복수하심으로
해방된 이스라엘아
구속자, 만군의 여호와
거룩한 자를 찬양하라

열국의 주모가 되지 못한
바벨론은 무자비했으며
스스로 유일함을 자랑하나
갑자기 자녀 잃은 과부 되었네

바벨론아, 여전히 거짓 점술로
하늘 살피는 자들 자랑하면서
별을 보는 마술사들에게
구원을 의지하는구나

이사야 48 : 바벨론을 속히 떠나라

야곱의 집, 이스라엘이여
너는 유다의 근원이며
내 거룩한 백성이라
너희는 들을 지어다

여호와 이름으로 맹세하되
나를 의지하면서도
너희 지혜를 믿고 여전히
불성실하고 불의로 사느냐

내가 일찍이 미래를 예언했으며
홀연히 행하여 그 일을 이뤘는데
내가 알거니와 너는 완악해서
네 목이 쇠 같고, 이마는 놋이라

내가 아직 노하기를 더디 함은
네가 아직 순은이 되지 못하며
포로생활의 풍우는 견뎠지만

내가 처음과 나중임을 잊었도다

나 여호와의 팔이 바벨론에 임하여
너희 대신 바벨론을 치리니
내 칙령을 듣지 않아
네게 평강이 없나니

출애굽 때, 광야의 바위에서
물 마신 것을 되새기며
지금 속히 바벨론을 탈출하라
불신자는 결코 평강이 없으리라

이사야 49 : 이방의 빛 이스라엘

섬들아 귀를 기울이라
주께서 나를 부르시어
내 입을 날카롭게 만드시고
그 손 그늘에 숨기시며

나로 마광한 살을 만드사
그 전통에 감추시고
내게 이르시되
너는 내 종이라 하셨느니

나는 여호와의 영광을 나타낼
이스라엘이므로
불순종하는 자를 치며
거역하는 자를 찌르리라

내 일은 이스라엘을 위함이니
대가를 바라지 않으며
여호와의 구원이

땅 끝까지 비추게 하리라

나는 멸시와 미움을 받지만
여호와께서 택한 나를
왕과 방백들이 모두 나와
내게 경배할 것이다

그 날에,
은혜와 구원이 이루어지며
나로 언약을 삼으신
여호와의 예언이 완성되리라

땅이 회복되어 풀밭과 물이
풍요하고 흩어진 백성들이
포로생활을 끝내고 돌아오며
산과 골짜기에 기쁨이 넘치리라

나의 모든 산을 길로 삼고

나의 대로를 돋우리니
원근과 시님 땅에서
백성들이 즐거워하며 오리라

고난당한 자를 긍휼이 여기시니
하늘과 땅, 산과 골짜기여
즐거이 노래하라 기꺼이
여호와가 백성을 위로하리라

주께서 어찌 젖먹이 자식을 버리며
태에서 난 자식이 긍휼하지 않으리
시온이 잊을지라도 주는 자비하시니
결코 너를 잊지 아니할 것이라

너를 내 손바닥에 새겼고
너의 성벽이 항상 내 앞에 있나니
네 자녀들은 속히 돌아오고
너를 황폐케 한 자들은 떠나가리라

이사야 50 : 믿음으로 걸어가라

너희는 오직 나를 불순종하여
스스로 이방의 노예로 팔렸고
너희 허물로 인하여
어미가 내어 보냄을 입었노라

집 떠난 지 오래 곤핍한 지금
거룩하신 주께서 나로 하여금
너희를 속량하러 왔으니
여호와의 능력을 믿을지니라

주가 꾸짖으면 바다가 마르며
하수가 광야로 황폐 되어
어족이 죽어 악취를 풍기고
굵은 베로 하늘을 덮느니라

여호와께서 귀한 말씀 주시어
가난한 너희를 돕게 하시고
진리를 깨닫게 하심으로

오직 주의 소명을 따랐도다

때리는 자들에게 등을 맡기며
수염을 뽑고 뺨을 칠 때도
수치스러움을 피하려고
내 얼굴을 가리지 않았노라

주께서 나를 도우사
내가 부끄러워 하지 않고
얼굴을 부싯돌 같이 했으니
내가 수치스럽지 않음이라

나를 의롭다 하시는 이가
가까이 계시니 맞설 자 누구뇨
내가 기꺼이 함께 대적하리니
내게 가까이 나아올지어다

주 여호와께서 나를 도우시리니

나를 정죄할 자 누구뇨
그들은 다 옷과 같이 해어지며
좀에게 먹히우리라

너희 중에 여호와를 경외하며
그의 종의 목소리를 듣는 자 누구뇨
흑암 중에 행하여 빛이 없는 자라도
주를 외치며 하나님께 의지할지어다

스스로 불을 피워 횃불을 든 자여
네 고집이 너를 횃불 가운데로
끌어들여 배척의 운명에 놓일지니
너희가 슬픔 중에 누우리라

이사야 51 : 남은 자의 위로

내 백성아 들으라
아브라함과 사라는
하나님께서 창성하게 하셨으니
약속한대로 자손을 주셨고

노후에 자식이 없었으나
그들은 하나님을 믿었으며
여호와의 긍휼하심에 땅은
에덴의 기쁨을 되찾으리라

하나님의 율법이 땅에 알려지고
하나님의 팔로 정의와 공의가
열방과 섬들에 세워지리니
하늘과 땅이 연기처럼 사라지고

영원한 하나님의 공의와
율법을 섬기고 사는 남은 자는
적의 비방에 상심치 않으며

적들은 좀먹은 옷처럼 삭으리라

홍해를 마른 땅처럼 건넜듯이
정의를 찾아 떠나는 자손에게
여호와께서 다시 팔을 펼쳐
그 백성들을 구원하시며

만군의 여호와는 그 힘으로
백성을 탈출케 하사
고향 땅 시온으로
기쁨으로 돌아오게 하시리니

남은 자들아
너는 어찌 풀과 같은 사람을
두려워하느냐, 주 여호와는
반드시 약속의 땅에 보내리라

예루살렘아 다시 깨어나라

재난이 곧 끝나리니
내 진노의 잔이 너를 떠나
바벨론으로 옮겨지리라

이사야 52 : 예루살렘의 해방

시온이여 깨어나
네 아름다운 옷을 입어라
부정한 자 들어오지 못하니
티끌을 버리고 보좌에 앉아라

세상에 사로잡힌 시온아
네 목줄을 스스로 풀어라
네가 값없이 팔렸으니
돈 없이 속량되리라

내 백성인 네가 애굽에서 살았고
앗수르가 너를 공연히 압박하여
너를 관할한 자들이 떠들며
내 이름을 종일 더럽혔도다

내 백성들아 내 이름을 알려라
내가 평화를 선포하러 돌아왔으니
내가 너희를 다스릴 이 좋은

소식을 전하는 발이 아름답도다

너희 파수꾼들이 소리 높여
일제히 노래하니 들을지어다
여호와께서 시온으로 돌아오심을
그들의 눈이 마주 보았도다

예루살렘의 황폐한 곳들아
기쁜 소리를 내어 함께 노래하라
여호와께서 그 백성을 위로하셨고
예루살렘을 구속하셨음이라

여호와께서 열방의 눈앞에서
그 거룩한 팔을 펼치심으로
모든 땅 끝까지 구원을 보았나니
너희는 떠나 스스로 정결케 하라

여호와께서 너희 앞에 행하시며

너희 뒤에서 호위하시리니
너희가 황급히 나오지 않으며
서둘러 도망하지 않으리라

보라 내 종이 형통하리니
높이 들려서 지극히 존귀하게 되리라
이전에 그 얼굴이 타인보다 상하였고
그 모습이 상하여 그를 보고 놀랐지만

이후에는 그가 열방을 놀래게 하며
세상이 그를 인하여 입을 닫으리니
아직 전파되지 않은 것을 볼 것이요
아직 듣지 못한 것을 깨달을 것이라

이사야 53 : 기꺼이 죽으신 예수

그는 주 앞에서
자라나기를 연한 순 같고
마른 땅의 줄기처럼 가늘어
풍채와 고운 모습이 없도다

그는 사람들에게 멸시를 받고
간고를 많이 겪어 질고를 아는 자라
사람들이 그를 외면하고
그를 쫓아버리기도 했으니

실로 우리의 질고를 지고
우리의 슬픔을 당하였거늘
그가 징벌을 받아 하나님께 맞으며
고난을 당한다 하였노라

그가 찔림은 우리의 허물 때문이요
그가 상함은 우리의 죄악 때문이라
그가 징계를 받아 우리가 평화롭고

그가 채찍에 맞아 우리가 나았도다

우리가 그릇 행하여 죄를 지었거늘
주께서 그에게 우리의 벌을 옮겨서
그가 잠잠히 끌려가 죽었으니
그가 산 자의 땅에서 끊어짐은

형벌 받을 우리의 허물 때문인데
그 무덤이 악인과 함께 되었으나
그 묘실은 부자와 함께 되었으니
그가 우리 죄를 대신 지심이라

십자가 위에서 예수가 당한 육체적
고통은 이처럼 위대하고 격렬한 것
죽음에 이른 그의 육체적 상처가
백성들의 영혼의 상처를 치료하였으며

그의 고통을 감내한 순종이

하나님의 진노를 가라앉혔고
믿는 모든 이의 죄를 대속해
하나님을 영광스럽게 했도다

그의 고초와 죽음은 명백히 주의 뜻
여호와께서 그의 축복을 약속하시니
하나님의 의로우신 요구를 위해 죽으신
그의 날을 길게 하시어 갚으셨도다

죄악 때문에 백성이 죽지 않도록
죄를 짐진 순종의 축복을 주셨으니
그를 높이 들어 올려 분깃을 나누고
여호와께 오는 믿음의 길을 여셨도다

이사야 54 : 이스라엘의 구원

홀로된 여인의 자식이 남편 둔 자의
자식보다 많구나 장막 터를 넓혀라
네 자손이 열방을 얻음으로
황폐한 성읍까지 사람이 살리라

네가 네 청년 때의 수치를 잊겠고
과부 때의 치욕을 기억하지 않으리니
내가 진노로 내 얼굴을 잠시 가렸으나
영원한 자비로 너를 긍휼히 여기리라

다시는 노아의 홍수를 일으키지 않으리니
다시는 네게 노하거나 책망하지 않으며
산들이 옮겨져도 인자가 너를 떠나지 않고
화평케 하는 내 언약을 옮기지 않으리라

곤고하고 안위 받지 못한 자여, 이제
청옥과 홍보석으로 기초와 성벽을 짓고
석류석으로 네 성문을 만들며

네 지경을 보석으로 꾸밀 것이라

네 자녀는 여호와의 교훈을 받아 평강하며
너는 의의 섬으로 더 학대 받지 않으리니
공포가 너를 가까이 못할 것이로되
너를 치는 자 너로 인해 패망하리라

기계를 만드는 장인도 내가 지었고
파괴하며 진멸하는 자도 내가 지었으니
무릇 너를 치려는 기계가 날카롭지 못하고
너를 송사하는 혀가 네게 정죄를 당하리라

이사야 55 : 이방인의 구원

너희 목마른 자들아 물로 나아오라
돈 없는 자도 오라, 와서 사 먹되
값없이 와서 포도주와 젖을 사라
좋고 기름진 것의 즐거움을 얻으리라

너희는 귀 기울여 내게 나와 들으라
그리하면 너희 영혼이 살리라
너희에게 영원한 언약을 세우리니
다윗에게 팔을 편 확실한 은혜니라

그를 만민에게 증거로 세워
인도자와 명령자를 삼았나니
네가 모르는 나라를 부를 것이며
그 나라가 너를 영화롭게 할지니

모두에게 미칠 구원이
그 날에 이루어지나니
믿음으로 축복 받은 자마다

자연의 풍요를 만끽할 것이며

그 날에 악인이 없을진대
여호와께서 은혜와 사랑으로
모든 사람의 성품을 변화시켜
주의 영광을 성취하심이니라

이사야 56 : 의를 행하라

너희는 공평을 지켜 의를 행하라
나의 구원이 가까이 왔고
나의 의가 곧 나타나리니
안식일을 지켜 더럽히지 말라

여호와께 연합한 이방인은
믿는 백성과 함께 축복 받으리니
안식일을 지켜 나를 기뻐하는 자
고자도 마른 나무라 말하지 말라

내 언약을 굳게 지키는 고자들에게
내 집과 성 안에서 자녀보다 나은
기념물과 이름을 주며,
영원히 이름이 끊어지지 않으리니

여호와의 이름을 사랑하며
나의 종이 되며
안식일을 지켜 더럽히지 않으며

언약을 굳게 지키는 이방인마다

그를 내 성산으로 인도하여
기도하는 내 집에서 기쁘게 하며
번제와 희생을 기꺼이 받으리니
만민의 기도하는 집이라 선포하리라

들과 삼림의 짐승들아 와서 삼키라
파수꾼들이 다 소경으로 무지하고
벙어리 개라 능히 짖지 못하며
다 꿈꾸며 잠자기만 좋아하니

이 개들은 탐욕으로 만족을 모르는
몰각한 목자들이라 자기 길로 돌이켜
백성을 무시하고 제 이익만 도모하며
서로 잔뜩 퍼 마신 독주가 넘치리라

이사야 57 : 의인의 죽음

세상의 타락이 극심하니
의인이 죽어도 아랑곳 않고
자비한 이가 떠나도 무심하니
올곧은 이가 오히려 편히 쉬도다

무녀의 자식, 간음한 자와 음녀의 씨
너희 패역한 자들이 의인을 희롱하느냐
너희가 상수리나무 아래 음욕을 피우고
골짜기 바위틈에서 자녀를 죽이는구나

이방의 잡신들을 위해
높은 산 위에 네 침상을 베풀고
그들과 언약하며 처소를 예비하며
몰렉에게 음부까지 낮추었는데

네가 나를 경외치 않음은
내가 오래 잠잠하기 때문이냐
네 불의를 내가 기필코 심판하리니

네 우상이 다 바람에 날려 가리라

나를 믿는 자는 땅을 차지하고
내 거룩한 산을 기업으로 얻으며
내가 높고 거룩한 곳에 거하나
통회하고 겸손한 자와 함께 하리니

내가 너희와 오래 다투지 않음은
내 지은 영과 혼이 곤비할까 함이라
네 탐심이 내 얼굴을 가려 노했으나
슬퍼하는 자를 고쳐 다시 위로하리라

입술의 열매를 맺는 내가 선포하노라
믿음이 있는 자는 평강이 있으며
내가 그를 고쳐 회복시킬 것이며
악인은 오물이 솟음치는 바다 같을지라

이사야 58 : 언약의 완성과 회복

나팔소리처럼 목청껏 외쳐라
백성들이 나를 가까이서 찾되
율법을 날마다 어기며 사니
야곱 집안의 죄를 드러내라

네 관심이 무엇이기에
금식을 왜 해야 하는지 물어라
금식일에 돈벌이를 밝히며
일꾼을 마구 부리는구나

금식하며 시비를 가려 싸우고
가난한 자를 주먹으로 때리니
네 호소를 누가 반겨 듣겠느냐
고행의 날에 외식하는 자들아

억울한 자의 멍에를 풀어주고
압제 받는 이를 석방해 주며
굶주린 자들에게 나눠주고

헐벗은 골육을 입히고 돌보라

이것이 내가 기뻐하는 금식이니
네 어둠이 대낮처럼 밝아오고
네 허물과 상처가 회복되며
내 영광이 너를 받쳐 주리라

속죄의 날, 네가 기꺼이 나누면
모든 것이 여호와께 속하리니
너는 메마른 곳에서도 배불리며
물이 마르지 않는 동산이 되리라

네 자손들이 성전을 재건하고
허물어진 옛터를 다시 세우리라
내 거룩한 날을 짓밟지 말지니
안식일은 나를 위한 귀한 날이라

귀한 날을 존중하여 찬송하고

여호와를 묵상하며 기쁨을 누려라
너를 승리하는 삶으로 이끌어
조상 야곱의 유산을 누리게 하리라

이사야 59 : 하나님의 구원 능력

여호와의 손이 짧아 못 구하시냐
귀가 어두워서 못 들으시겠느냐
네가 악해 하나님과 갈라졌으며
네 잘못이 주의 귀를 가리었느니

손바닥은 살인의 피로 부정하고
손가락은 살인죄로 피투성이며
입술은 거짓말을 지껄이면서
혀는 음모를 꾸미고 있구나

몸에 밴 음모가 잔악함만 낳고
독사의 알을 품어 까려는 것들,
호시탐탐 거미줄을 치려는 것들,
알을 터뜨리면 독사가 나온다

너희 지나간 자리에
평화로운 길이 없는데
어찌 정의가 있으랴

구부러진 칠흑 뒷골목뿐

너희는 담을 더듬는 소경처럼
갈 길을 허둥대는 맹인처럼
한낮인데도 발을 헛딛으니
살아있되 죽은 몸과 같구나

곰처럼 울부짖고
비둘기처럼 슬피 울며
공평을 바라지만 사라져가고
구원을 기다리나 멀어져간다

너희는 여호와를 거역하고 배반했으며
주를 외면하고 따르지 않을 뿐 아니라
반항하는 거짓말을 늘어놓으면서
공평과 정의, 성실과 정직을 잃었으니

사람다운 사람이 보이지 않고

중재하는 사람도 보이지 않아
여호와께서 오직 당신의 권능으로
당신의 정의를 짚고 일어서신다

갑옷에서 정의가 뻗어나고
투구에서는 구원이 빛나며
속옷에 응징이 숨어 있고
겉옷에는 열성이 휘날린다

사람의 악한 소행대로 갚으시고
적들을 진노하시어 원수 갚으시리니
해 지는 곳에서 여호와를 두려워하고
해 뜨는 곳에서 주의 영광에 떨리라

여호와는 밀어닥치는 강물처럼
시온을 구하러 달려오시며
죄를 뉘우치고 돌아오는
야곱의 자손을 구하려 오시리라

내가 맺은 계약을 새로 시작해
나의 영을 너에게 불어넣고
나의 말을 네 입에 담아주리니
네 자손의 입에서 떠나지 않으리라

이사야 60 : 평화와 번영이 오리라

일어나라 빛을 발하라
네 빛이 네게 이르렀고
여호와의 영광이
네 위에 임하였도다

어둠이 땅을 덮고 만민을 가리나
여호와께서 너를 구속하심으로
그 영광이 네 위에 나타나리니
열방이 네 빛으로 나아오리라

그날에 무리들이 모여 들고
네 자손들이 먼 곳에서 올 것이며
네 마음은 놀라고 기쁨에 넘치리니
열방의 풍부한 재물이 네게 옴이라

에바의 젊은 약대, 스바의 금과 유황으로
여호와를 예배하고 찬송할 것이며
게달의 양 무리와 느바욧의 숫양을

제단에 받아 내 집이 영화롭도다

비둘기가 제 보금자리로 오는 듯이
다시스의 배들이 은금을 싣고 와서
하나님 여호와의 이름에 엎드리니
내가 너희를 영화롭게 했음이니라

이전에 내가 노하여 너를 쳤으나
이제는 내 은혜로 긍휼히 여기니
이방인이 네 성벽을 쌓을 것이요
그 왕들이 너를 받들게 될 것이라

네 성문이 닫히지 아니하리니
네게로 열방의 재물을 가져오고
그 왕들을 포로로 이끌어 오며
너를 대적한 백성은 진멸되리라

레바논의 영광이 함께 네게 이르러

내 거룩한 곳을 아름답게 할 것이며
너를 괴롭히던 자손이 몸을 굽히고
너를 멸시하던 자가 네게 절하리라

그들이 너를 여호와의 성읍이라 하고
거룩한 이스라엘의 시온이라 하리니
전에는 네가 버림과 미움을 당했으나
이제 내가 너를 영광스럽게 하리라

네가 열방의 젖을 먹으면서
네가 열 왕의 젖무덤을 물으니
나 여호와가 네 구원자이며
네 구속자, 야곱의 전능자임을 알라

금과 은으로 놋과 철을 대신하며
놋과 철로 나무와 돌을 대신하고
화평을 세워 관원을 삼으며
의를 세워 감독을 삼으리니

다시 네 땅에 포악한 일이 없고
황폐와 파멸이 네 경내에 없으며
네가 네 성벽을 구원이라 부르고
네 성문을 찬송이라 부를 것이라

다시 해가 네 빛이 되지 않고
달도 네게 빛을 비추지 않으며
여호와가 영영한 빛이 되고
하나님이 네 영광이 되리니

다시 네 해가 지지 아니하며
네 달이 물러가지 않음으로
여호와가 네 영영한 빛이 되고
네 슬픔의 날이 끝날 것임이라

의로운 백성이 영원히 땅을 지키니
그들은 내가 심고 기른 것으로서
너희는 내 영광을 세상에 나타내고
작은 자가 천을 이뤄 강국이 되리라

이사야 61 : 메시야의 오심

여호와께서 내게 기름 부으사
가난한 자에게 복음을 전하고
마음 상한 자를 치료하며
포로와 갇힌 자에 자유를 주고

은혜의 해와 신원의 날을 알려
모든 슬픈 자를 위로하되
재 대신 화관을 씌워주며
기쁨의 기름으로 슬픔을 쓰다듬고

찬송의 옷으로 근심을 덜어내고
의의 나무로 영광을 나타내며
오래 황폐된 성읍을 고치고
외인들과 함께 농사를 지으리라

오직 너희는 여호와의 제사장이니
사람들이 너희를 봉사자라 일컫고
너희가 열방의 재물을 먹으며

그들의 영광을 얻어 자랑하리라

능욕 대신 분깃을 얻어 즐거워하며
풍요한 수확으로 영영 기뻐하리니
나는 공의를 사랑하며 불의를 싫어해
성실히 갚고 영영한 언약을 세우리라

그 자손을 열방과 만민에게 알리리니
보는 자마다 복 받은 자손이라 하리라
내가 여호와로 인해 크게 기뻐하며
내 영혼이 하나님으로 인해 즐겁도다

주께서 구원의 옷을 내게 입히시고
의로운 겉옷을 덧입히심으로
사모를 쓴 신랑 같이 아름다우며
보물로 단장한 신부같이 예쁘도다

이사야 62 : 주의 오심을 예비하라

지금, 여호와께서 역사하심으로
네가 새 이름을 찾으리니
주의 오심을 예비하라
구원의 영광이 온 세상을 비추리라

예루살렘이 왕관과 면류관을 쓰고
네 스스로 신부처럼 치장하여
여호와께서 너를 기꺼이 맞으시며
혼인의 행복을 마음껏 누리리니

예루살렘은 헵시바라
이전의 황무지가 아니라
내 기쁨이 너에게 있으며
너는 내 신부 뿔라가 되리라

내 아들들이 너를 취하겠고
예루살렘에서 다시 살면서
행복을 되찾아 즐거워할지니

나 여호와가 만족하노라

의로운 이스라엘의 파수꾼이
성벽 위에서 굳건히 지키고
그날이 임박했나니 깃발을 들어
끊임없이 간구하며 기도하라

여호와께서 오른 팔로 언약하시고
그 권능으로 맹세를 역사하시니
거룩하신 여호와를 칭송하며
메시야가 오시는 그날을 예비하라

이사야 63 : 주의 붉은 의복

그분은 에돔의 보스라에서
홍의를 입고 오시느니
그분은 화려한 의복을 입은
큰 능력의 구원자이시라

포도즙틀 밟듯이 모두 물리쳐
그 선혈이 내 의복을 더럽히니
이는 원수를 갚는 의분이 나고
내 백성을 구속할 해가 왔으나

돌아보니 돕는 자도 없고
부축하는 자도 없으므로
내 팔이 나를 구원하며
내 의분이 나를 붙들었도다

여호와께서 우리에게 베푸신
모든 자비로우심을 찬송하고
이스라엘 집에 베푸신

크신 은총에 깊이 감사드리리라

옛 선조의 모든 환란에 동참하사
사자를 보내 그들을 구원하셨으며
사랑과 긍휼로 그들을 구속하시고
모든 날에 그들을 들어 안으셨으나

광야 길에 서로 다투며 반역하여
주의 성령을 근심케 하였으므로
그들을 돌이켜 대적이 되사
친히 그들의 죄를 치셨느니라

백성들이 모세 때를 추억하면서
홍해를 갈라 우리를 인도하시고
그 영광의 팔로 우리를 보호하사
광야를 넘게 하신 이 어디 계시뇨

주여 하늘에서 굽어 살피시어

주의 영화로운 처소로 인도하소서
주의 전능하신 권능을 베풀어주소서
간곡하신 자비와 긍휼이 그쳤나이다

주는 우리 아버지시니
아브라함이 우리를 모르고
이스라엘이 우리를 인정치 않으나
옛부터 주는 우리의 구속자시거늘

어찌 우리로 주의 길에서 떠나
강퍅한 마음을 일으키심으로
주를 경외치 않게 하십니까
주의 지파들을 위해 돌아오소서

거룩한 땅을 차지한지 오래지 않아
우리의 대적이 성소를 빼앗았으니
주의 다스림을 받지 못하는 자 같고
주의 이름을 잃은 자처럼 되었나이다

이사야 64 : 남은 자의 고백

주께서 하늘을 갈라 강림하시고
섶을 불살아 산들이 진동하면서
물을 들끓게 하심 같이 대적들과
열방을 주 앞에서 물리쳐 주소서

주께서 기꺼이 의를 행하는 자와
주를 기억하는 자를 선대하시거늘
우리가 길을 벗어나 진노하심이
오래니 어찌 구원을 얻겠습니까

우리 모두 부정함으로
우리 의가 더럽혀진 옷 같으며
우리 모두 쇠락한 잎사귀 같아
죄악이 바람 같이 우릴 몰아가

주를 부르는 자가 없으며
분발하여 주를 붙잡지 못하니
우리 죄로 주께서 얼굴을 숨겨

우리를 모두 소멸하셨습니다

그러나 주는 우리 아버지시며
우리는 진흙, 주는 토기장이시니
다 주의 손으로 지으신 것이라
죄악을 오래 기억하지 마옵소서

시온 성읍이 광야가 되었으며
예루살렘이 황폐하였고
우리 열조가 주를 찬송하던
아름다운 전이 불타버려서

우리가 즐거워하던 곳이
다 무너져 없어졌으니
주께서 침묵을 거두시고
우리의 죄를 용서하소서

이사야 65 : 만유의 회복

나를 구하지 않고 찾지 않던 자와
내 이름을 부르지 않던 나라에게
내가 여기 있다고 하였으며
불선한 백성들을 종일 불렀으나

너희는 동산에서 제사하고 분향하며
무덤 사이에 앉아 돼지고기를 먹고
나보다 거룩하다 자랑하는 자들이니
내 코의 연기요 종일 타는 불이로다

네 죄가 기록되어 반드시 보응하되
너희와 열조의 죄악을 함께 하리니
그들이 산 위에서 분향하므로
나를 능욕했으니 심판을 받으리라

포도송이에는 즙이 있으므로
종들을 위해 멸하지 아니하고
내가 야곱 중에서 씨를 내어

유다 중에서 기업을 얻으리니

내 종들이 거기 거할 것이며
사론은 양떼의 우리가 되겠고
아골 골짜기에 소떼가 누우리니
나를 찾은 백성의 소유가 되리라

여호와를 버리며 내 성산을 잊고
갓에게 상을 베풀어 놓으며
므니에게 섞은 술을 가득히 부은 자여
너희는 칼에 붙여 살육을 당하리라

나의 종들은 먹고 너희는 주리며
나의 종들은 마시고 너희는 목말라
나의 종들은 기뻐할 것이로되
너희는 수치를 당할 것이라

나의 종들은 즐겁게 노래하고

너희는 마음이 슬픔으로 울며
심령이 상해서 통곡할 것이며
너희 이름은 저주거리가 되리라

이러므로 땅에서 복을 구하는 자는
진리의 하나님께 복을 구할 것이요
진리의 하나님으로 맹세하는 자는
이전 환난이 내 눈앞에 숨겨졌도다

내가 새 하늘과 새 땅을 창조하나니
이전 것은 생각나지 아니할 것이라
내가 예루살렘으로 즐거워하며
나의 백성을 기쁨으로 삼으리라

울부짖는 소리가 들리지 않으며
유아와 노인이 제 수명을 누리겠고
가옥을 건축하여 제 집에 안식하며
포도원을 재배하고 열매를 누리리라

수고가 헛되지 않아 일한 것을 누리며
생산한 것이 재난에 걸리지 않으리니
여호와의 복된 자손이요 그 소생이라
부르기 전에 응답하고 그 말을 들으리라

이리와 어린 양이 함께 먹으며
사자가 소처럼 짚을 먹을 것이며
뱀은 흙으로 식물을 삼으리니
성산에는 해함과 상함이 없으리라

이사야 66 : 약속을 이루시는 하나님

하늘은 나의 보좌요
땅은 나의 발등상이니
너희가 무슨 집을 짓고
내 안식할 처소가 어디랴

내 손으로 지어 다 이루었으니
마음이 가난한 심령에 통회하며
나의 말을 인하여 떠는 자
그 사람은 내가 권고하려니와

외식하는 자들이 드리는 예배와
예물은 돼지의 피처럼 부정하고
분향하며 우상을 찬송하는 자는
가증한 것을 기뻐하는 자니

그들이 스스로 유혹에 빠지게 해
재앙이 그들에게 임하게 하리니
내 말을 청종하지 않고 오직

내 눈 앞에서 악을 행하였노라

너희 형제가 너희를 미워하며
내 이름으로 너희를 쫓아내며
성읍에 시끄러운 소리 들리리니
내게 대적해 수치를 당하리라

시온은 고통없이 남자를 낳았으니
구로하기 전에 자식을 순산했도다
내가 임산케 하고 해산케 했으니
어찌 그 태를 닫을 수 있겠는가

예루살렘을 사랑하는 자여
그와 함께 기뻐하고 즐거워하라
젖을 넉넉히 먹은 아이처럼
영광의 풍성함을 즐거워하라

내가 평강을 강 같이, 열방의

영광을 넘치는 시내 같이 주리니
너희가 그 젖을 빨 것이며
예루살렘의 무릎에서 놀리라

너희 마음이 기뻐서
너희 뼈가 연한 풀같이 무성하며
여호와의 손은 그 종들에게 나타나고
그의 진노가 그 원수에게 더하리라

주께서 불에 옹위되어 강림하시고
그 수레들은 회리바람 같으리라
그가 혁혁한 위세로 노를 베푸시며
맹렬한 화염으로 견책하실 것이라

불과 칼로 모든 혈육에게 심판하시어
여호와께 살육 당할 자가 많으리니
스스로 정결케 하고 동산에 들어가서
더러운 제물을 먹는 자는 다 망하리라

때가 이르러 열방과 열 족을 모으리니
그들이 와서 나의 영광을 볼 것이며
그들 중 징조를 세워 먼 섬에 보내어
나의 영광을 열방에 전파하리라

이스라엘이 예물을 깨끗한 그릇에 담아
여호와의 집에 드림 같이 모든 형제를
열방에서 나의 성산 예루살렘으로
실어와 여호와께 예물로 드릴 것이라

그 중에서 제사장과 레위인을 삼으리니
새로 지을 새 하늘과 새 땅이 내 앞에 있고
너희 자손과 너희 이름이 항상 있으며
월삭과 안식일에 모든 혈육이 경배하리라

내게 패역한 자들의 시체를 보리니
그 벌레가 죽지 아니하며
그 불이 꺼지지 아니하여
모든 혈육에게 가증함이 되리라

남은자의 노래 : 이사야 4행 시집

— 심판과 구원의 변증법 —

초판 1쇄 인쇄일	2022년 5월 24일
초판 1쇄 발행일	2022년 5월 31일

지은이	이영섭
펴낸이	한선희
편집/디자인	우정민 우민지 김보선
마케팅	정찬용 정구형
영업관리	한선희 남지호
책임편집	남지호
인쇄처	으뜸사
펴낸곳	국학자료원 새미
	등록일 2005 03 15 제25100 · 2005 · 000008호
	경기도 고양시 일산동구 중앙로 1261번길 79 하이베라스 405호
	Tel 442 · 4623 Fax 6499 · 3082
	www.kookhak.co.kr
	kookhak2001@hanmail.net

ISBN	979-11-6797-051-0 *03810
가격	10,000원